MANUAL
DO LUTO

Do Autor:

As solas do sol
Um terno de pássaros ao Sul
Terceira sede
Biografia de uma árvore
Cinco Marias
Como no céu & Livro de visitas
Meu filho, Minha filha
O amor esquece de começar
Canalha!
Mulher perdigueira
www.twitter.com/carpinejar
Borralheiro
Ai meu Deus, Ai meu Jesus
Espero alguém
Para onde vai o amor?
Me ajude a chorar
Felicidade incurável
Todas as mulheres
Amizade é também amor
Cuide dos pais antes que seja tarde
Minha esposa tem a senha do meu celular
Família é tudo
Carpinejar
Depois é nunca

CARPINEJAR

MANUAL DO LUTO

TODAS AS DORES DO MUNDO

6ª edição

BERTRAND BRASIL

Rio de Janeiro | 2025

CIP-BRASIL. CATALOGAÇÃO NA PUBLICAÇÃO
SINDICATO NACIONAL DOS EDITORES DE LIVROS, RJ

C298m   Carpinejar
            Manual do luto / Carpinejar. - 6. ed. - Rio de Janeiro :
            Bertrand Brasil, 2025.

            ISBN 978-65-5838-207-2

              1. Luto - Aspectos psicológicos. 2. Perda (Psicologia).
            3. Citações. I. Título.

                           CDD: 155.937
23-85014   CDU: 159.942:393.7

Meri Gleice Rodrigues de Souza - Bibliotecária - CRB-7/6439

Copyright © Fabrício Carpi Nejar, 2023

Revisão: Mariana Carpinejar

Texto revisado segundo o Acordo Ortográfico da Língua Portuguesa de 1990.

Todos os direitos reservados.
Não é permitida a reprodução total ou parcial desta obra, por quaisquer meios, sem a prévia autorização por escrito da Editora.

Direitos exclusivos de publicação em língua portuguesa somente para o Brasil adquiridos pela:
EDITORA BERTRAND BRASIL LTDA.
Rua Argentina, 171 — 3º andar — São Cristóvão
20921-380 — Rio de Janeiro — RJ
Tel.: (21) 2585-2000.

Seja um leitor preferencial.
Cadastre-se no site www.record.com.br e
receba informações sobre nossos lançamentos
e nossas promoções.

Atendimento e venda direta ao leitor:
sac@record.com.br

Apresentação

Lembro que, nas minhas aventuras de criança, adorava subir em telhados e árvores. Não me escorava na facilidade de uma escada.

Eu me pendurava nas árvores e escalava os galhos para alcançar a cobertura da minha casa e das residências vizinhas.

Andei a maior parte da minha infância na fragilidade das telhas, pisando devagar no seu liame, capturando o meu bairro do alto.

Tinha uma técnica de esticar as pernas e os braços como cordas de um andaime.

Mas havia uma árvore temida na praça. Uma paineira. Com espinhos espalhados por todo o tronco. Ela era de uma altura inacessível, apesar de ter em seus galhos delicadas e exuberantes flores rosa que eu gostaria de tocar e cheirar.

Com sua armadura de poucos amigos e suas pontas de lança apontadas para mim, ela se mostrava até então intransponível para minha pequenice.

Tampouco compreendia a função de um espécime que se assemelhava a uma roseira gigante. Só pensava que estranho destino era não poder repartir as suas estações, o seu viço, a sua beleza.

Numa tarde, no contraturno da escola, enquanto brincava distraidamente no balanço, sozinho, buscando o meu voo a partir das duas correntes de ferro e do impulso da magra tábua, testemunhei uma menina menor do que eu subindo a paineira de modo ligeiro. Em minutos, ela estava no cume, rindo e levantando o punho pela vitória alcançada. Eu não tinha percebido o óbvio: os espinhos poderiam ser degraus. Funcionavam como bases aos pés, grampos de alpinista.

Não é assim com a nossa existência?

Não tem como evitar adversidades. Viver é assustador. Desde que nascemos, somos frágeis e dependentes de cuidados.

Mas as dores nos abrem para outro ponto de vista, para enxergarmos os nossos problemas a partir de um ângulo mais panorâmico, que leva em conta o conjunto de nossas experiências.

Eu diria até que as dores são degraus para atingirmos a nossa humanidade, para escutarmos as aflições alheias com respeito, para reconhecermos fatos importantes e decisivos do passado.

Não temos como ser poupados do sofrimento, mas podemos perguntar: até onde posso ir com esse sofrimento, até onde posso melhorar com esse sofrimento? Qual será a utilidade desse sofrimento?

Toda dor é enxergar a sua vida de cima. Antigas amolações se tornam insignificantes, já perdas assumem a condição de raridades da saudade.

Qualquer um que enfrenta o luto passa a limpo a sua trajetória, relê os seus rascunhos, percebe o quanto já foi feliz sem saber e o quanto foi infeliz sem necessidade.

Agora os espinhos fazem parte do nosso corpo. Não adianta arrancá-los. Não são adornos, enfeites: eles nos protegem.

Formam a escada para o céu, o céu pessoal de cada um, onde mora aquele que amamos e que não está mais entre nós no baixo do chão.

Nossos pensamentos devem ir de vez em quando ao topo da paineira, para declarar a nossa falta e aspirar o perfume das flores rosa.

Querido, querida da minha vida,

Você deve estar se sentindo invisível, a morte de alguém próximo nos torna invisíveis. Atravessamos um portal para uma dimensão alternativa da rotina. Não somos vistos, não somos percebidos como antes. É como se a dor fosse um manto mágico do desaparecimento social.

Você tampouco enxergava os enlutados antes da sua perda. Eles não tinham destaque, consistência, importância, densidade. Lembravam seres de um planeta secundário, desencaixados da normalidade e da perfeição de que até então você desfrutava. E nem agia por mal, o desinteresse vinha da falta de um ponto de contato com a realidade do adeus.

Agora, parece que todo luto se evidencia ao seu lado. Se você é órfão, não para de notar órfãos na sua vizinhança. Eles sempre estiveram ali, acessíveis. Você só não reparava porque não tinha nascido o terceiro olho do sofrimento na sua testa.

Viuvez chama viuvez. Desamparo de um filho perdido convoca quem atravessou igual lacuna.

O fim de uma vida mexe com o nosso jeito de entender os relacionamentos. Você busca seus semelhantes, quem possa respeitar o seu silêncio, quem interceda por sua comunicação falhada. Aproxima-se de uma imensa tribo de pessoas sozinhas como você. Não é bem um grupo ou uma comunidade, pois em nenhum momento você se descola da sua solidão. É um estar junto ainda solitário. Acham-se interligados por uma experiência em comum, porém cada um pena à sua maneira, com o impacto particular e intransferível de um falecimento. O idioma da fragilidade é o mesmo, o sotaque da dor se apresenta diferente. Ninguém sofre mais do que o outro. Sofre-se com as particularidades do amor vivido.

A sensação de invisibilidade é decorrente do próprio processo de aceitação de uma ausência.

Com o luto, é você, enlutado, quem morreu. O falecido continua em você, você continua se lembrando dele. É você quem morreu para ele. Você não tem saudade dele, tem saudade do que você nunca mais será para ele. Você pensa não no abraço que não vai dar, não no beijo que não vai dar, mas no abraço que não vai mais receber, no beijo que não vai mais receber. A morte dele é a sua inexistência.

Você não tem aquela pontada, aquele calafrio: "Nunca mais vou poder ligar." Ou: "Nunca mais vou fazer uma visita." O que percebe é o contrário: "Eu nunca mais poderei receber aquele telefonema." Ou: "Eu nunca mais poderei receber aquela visita."

A morte desconstrói as nossas crenças, as nossas certezas, as nossas convicções. Você deixou de existir para alguém. E essa pessoa continua cada vez mais viva dentro de você.

Toda perda não parece que foi ontem, parece que recém está acontecendo. Parece que a dor é de hoje.

Não há como condenar a demora na recuperação. Não há como julgar que o enlutado está por muito tempo preso à despedida, que já precisa retomar a normalidade.

Não existe maneira de apressar o processo. É a readaptação de existir a partir de uma ausência.

Quem carrega um morto dentro de si é obrigado a nascer de novo. Os olhos mudam. A rotina muda. A relação com os familiares e amigos muda. Não tem como desligar uma chave e seguir como se nada tivesse acontecido.

Só a indiferença nesse caso é patológica. A partida pressupõe um amadurecimento que envolva humildade e resiliência.

"O que eu farei com o tempo que sobra quando um afeto vai embora?" Aquele tempo que era dedicado a quem morreu não encontra substituto nem modo de ser preenchido.

Trata-se de uma longa reabilitação para fundar um novo lugar no mundo, pois uma ocupação amorosa virou tempo vago.

É como se aposentar sumariamente de uma pessoa, de um cuidado, de uma biografia, de uma cadeia de conversas e encontros.

Tanto que, às vezes, a vontade é parar de se emocionar e até de amar. Há quem não queira, nos primeiros meses da morte, ter surpresas, fazer descobertas, nem criar lembranças felizes para não alterar a ordem da memória, para não apagar a hierarquia da saudade.

Não acredito que no luto você deva viver um dia de cada vez. Tal métrica corresponde a uma visão otimista e ingênua sobre o assunto. A verdade é que se deve enfrentar uma hora de cada vez.

Os dias da licença médica não traduzem a realidade. O ritmo de prantear é absolutamente particular. Você pode chorar gritando ou calado, pode chorar se confessando ou não tocando no assunto, pode chorar procurando a multidão ou preservando o isolamento. E, nem por isso, significa que vem sofrendo mais ou menos.

Ao se quebrar um braço, são exigidas seis semanas de gesso para recolocá-lo na posição original. E quando se quebra a alma?

Não podemos regular o ciclo do sofrimento alheio pelo nosso relógio, inclusive porque a dor transporta o enlutado para um outro fuso horário, para outro continente, para outra cultura da sensibilidade.

Se você ainda não sabe o que é perder alguém, não condene a duração de nenhuma saudade.

As pessoas não entendem que a dor da perda é maior do que o corpo.

Ela apenas diminui com o tempo para se acomodar dentro do corpo, jamais desaparece.

A dor encolhe depois de passarem vários anos da despedida, mas não some.

Aprendemos a rir com aquela dor, a se relacionar publicamente com aquela dor, a trabalhar com aquela dor, a amar com aquela dor. Ela vira parte da nossa carne, do forro da nossa pele, da nossa visão de mundo.

Não é um pessimismo, porém um desencanto, uma constatação de que as coisas não são perfeitas, de que o destino é imprevisível, de que a rotina não será mais fácil e espontânea como antes.

É continuar vivendo como se o melhor de nossa história já tivesse acontecido. Avançar é também agora recuar.

O que virá pela frente pode até ser bom, só que não será mais pleno, completo, com todos ao nosso redor.

Uma cadeira vaga faz com que a mesa fique manca para sempre. Tanto que, nos primeiros dias de luto, a sensação é que estamos longe do nosso corpo. Observando a nossa vida de fora, como espectadores de nosso comportamento, espectadores de nossas ações.

Não existe aquela consciência aguda de quem está presente. Nosso foco é inconstante, dispersivo.

Muitos nem se lembram de como conseguiram fazer o velório e o enterro, de como foram capazes de exercer a burocracia do desenlace. Encontram-se no automático, sem pensar muito, completamente anestesiados de emoção.

Recebem os pêsames, abraçam parentes e amigos, conversam sobre amenidades, almoçam e jantam, tomam as providências legais, entram no chuveiro, dormem, mas não recordam nada. É como se houvesse um clone do sofrimento, um sósia vivendo no nosso lugar enquanto não desfrutamos de condições de responder pelos nossos atos.

Na morte de um ente querido, a primeira ausência é a nossa, não a de quem partiu. Nosso olhar é espaçado, distante e perdido. Nossas pálpebras são pesadas, com intervalos lentos para absorver a claridade.

Não estamos inteiramente aqui. Estamos ainda perto do morto, das lembranças recentes com ele, longe de nós mesmos.

Quando alguém que você ama morre, você se percebe rejeitado. Não rejeitado por um indivíduo, mas pelo universo, pelo destino.

"Como isso foi acontecer logo comigo? Eu não merecia!" É natural reagir assim. Ninguém merece ser subtraído de um afeto. Não há justiça no ciclo natural da existência.

Você se vê excluído da felicidade. Da paz. Da rotina.

Sequer compreende como as pessoas continuam indo ao trabalho, andando de carro, ocupando as ruas, depois da sua dor.

Você mudou, mais ninguém. É como se o seu sofrimento não fizesse nenhuma diferença para interromper um pouco as engrenagens do mundo.

A pressa ofende a sua ferida aberta.

O velório e o enterro são alguns dias para os outros, mas para você não encerram.

É como se a morte de alguém mandasse você embora da sua vida. Aquela vida construída com esmero, com disciplina, com afinco, tem seus alicerces desmoronados de repente.

Um telefone, um endereço, um rosto, um contato do WhatsApp estarão subitamente inativos. Você pode ouvir áudios do ente querido e não entenderá como aquilo que foi dito ontem já não serve para hoje.

Perguntará a si mesmo: como pode alguém estar aqui e não mais estar?

Não existem mais os fins de semana, as férias, as viagens. O futuro é passado.

Experimenta um terremoto pelas veias. Está soterrado pela descrença. A cada semana, tentará remover uma pedra interior para tomar ar. Leva-se muito tempo para se levantar dos escombros.

Nem mais respira, suspira. O suspiro é a alma fugindo.

O que você fazia não tem mais graça. Comer e dormir não tem mais sentido. Sair ou conversar não trazem mais nenhuma novidade.

Pode manter as aparências por um período, mas a verdade é que, por dentro, nunca mais será igual. Não haverá a normalidade costumeira. Amores e amizades não serão mais iguais. Sua família não será mais igual. Seu emprego não será mais igual. Não tem como fingir.

Você se acha rejeitado no luto. Profundamente rejeitado.

O universo que você tinha com aquela pessoa sumiu na neblina da poeira. É fumaça passando pelas suas mãos. Não tem como agarrar nem impedir a sua subida aos céus.

O universo morre com o falecido.

Você parte para uma segunda dimensão da sua sensibilidade. Em que tudo dói tanto que você não sente mais nada.

O sofrimento nem sempre gera aprendizado. Você pode ficar muito pior do que era.

Mediante uma experiência de perda, pode se fechar, isolar-se, ser egoísta. Pode querer reparação, não acreditar em mais ninguém. Pode desmerecer qualquer alegria ao seu lado, não confiar mais na família, ver-se ofendido por Deus, atrasar a sua vida.

Nem todo sofrimento traz lições. Às vezes, você deixa de realizar o que vinha dando certo por boicote à sua satisfação, para conspirar contra o seu prazer. Não admite estar bem por lealdade a uma ausência. Generaliza o pior.

Mantém uma ideia equivocada da morte, presa aos movimentos terrenos, como se quem morreu ainda estivesse sofrendo.

O morto não sofre mais. Você não precisa prolongar a purgação para honrar a partida dele, para se equivaler no desamparo, para mostrar uma cumplicidade no gemido e no langor. O morto se encontra livre das suas feridas, seco de lágrimas, já alcançou a paz.

A morte é um alerta para você melhorar a sua relação com os afetos que restaram. Tudo que faltou realizar com quem partiu desperta novos anseios de conexão.

O fim se assemelha a um espelho. O espelho só rebate a imagem, você não tem como entrar nele. Portanto, o ente querido e ausente reflete uma urgência nos mais próximos.

Se você for passivo diante do sofrimento, ele vai fazer o que quiser com você. Vai sugar as suas forças, virar o seu espírito pelo avesso, desidratá-lo até que sobre um pessimismo mesquinho.

Você deve entender que é seu sofrimento, agora ele lhe pertence. Como lidará com ele é uma decisão sua.

Não há como impedir a dor de chegar (não dispomos da onisciência), mas há como impedir que ela seja vazia. Porque uma dor deserta esvazia toda a nossa emoção, toda a nossa gratidão, todo o nosso juízo, toda a nossa capacidade de pensar e reagir.

Não que você irá se curar do luto — o luto não é uma doença —, apenas não estará exclusivamente à mercê dele. Inverterá a lógica da submissão e o colocará a favor de um propósito.

É necessário encarar o sofrimento e perguntar a ele: o que farei com você?

Não existe como bloquear o início da aflição, mas sempre definimos o destino dela.

Você brigou com alguém, você foi surpreendentemente duro, você disse palavras ásperas e ingratas, você explodiu de raiva, você desandou a gritar grosserias, escapou do prumo e do equilíbrio habituais, falou de cabeça quente, e, em seguida, essa pessoa morreu num acidente ou por algum problema de saúde desconhecido.

A tendência é que contraia uma culpa imensa de não ter se despedido direito, de ter sido injusto, de não ter sido sensível e emocionado. Parece que seu afeto morreu brigado com você, pensando o pior de você, levando mágoas na bagagem.

Queria explicar, primeiramente, que jamais vamos nos despedir direito, pois não temos controle sobre o destino, nunca cogitamos o fim próximo, nunca prevemos a morte.

O último momento não é determinante como supomos. O que vale é o conjunto da obra, a soma da amizade, o panorama integral da cumplicidade, o que vocês fizeram no passado, o que aprenderam lado a lado, um com o outro.

O desentendimento foi um fragmento irrisório, um instante passageiro, efêmero, insignificante perto de tudo que já alcançaram juntos. Não deveria pesar como uma súmula, um episódio decisivo do seu relacionamento.

Um desfecho confuso não apaga a felicidade anterior.

O medo de ter falhado cresce devido à nossa fragilidade. No luto, somos suscetíveis a qualquer lembrança, boa ou ruim, comprometendo a nossa capacidade de julgamento, de valorar o percurso inteiro de uma existência. Detalhes nos perturbam, criam ressentimentos, geram suspeitas. Acabamos assumindo, equivocadamente, uma responsabilidade por aquela partida e nos cobramos em demasia, sem complacência com as nossas imperfeições.

Quando perdemos um ente querido, andamos descalços na dor. E uma agulha extraviada no chão pode nos ferir. Mas é uma agulha, só uma agulha, nunca deixará de ser uma agulha.

Você não atendeu ao telefonema de quem logo faleceu, desmarcou um encontro na semana do imprevisível desenlace, e se mortifica por ter faltado à cena derradeira, por não ter oferecido atenção.

Não faça isso. Perdoe-se. Não havia como imaginar o que aconteceria, que não desfrutaria de uma chance de retratação em seguida.

A pessoa sabia do principal: que você a amava. Antes de morrer, pôde enxergar a verdade dos seus sentimentos.

A morte gera um vazio. Mas não é o vazio da separação, do desentendimento, do afastamento provisório, da ruptura de uma amizade.

É outro vazio, mais faminto. Diferentemente de qualquer adeus por incompatibilidade, que ainda conserva esperança de reconciliação, é um vazio irreversível que somente cresce.

Quando discutimos ou brigamos com algum afeto, existe um vácuo, porém é passageiro. Logo focamos no trabalho ou na família e seguimos adiante. Conseguimos lidar com o nó no estômago.

Já com a morte de um amor, vem um deserto que não tem como ser enganado pelas tarefas cotidianas.

Nasce um lugar dentro de você, um santuário, onde conversará com quem partiu, pedirá conselhos em silêncio e ouvirá a resposta pelos sinais da natureza.

Abre-se um majestoso e imenso espaço interior, capaz de roubar sua atenção e provocar intermitentes suspiros.

Toda despedida é como herdar um terreno. Você deverá construir a casa no local. Não há nada lá, só mato e entulhos.

Começará a limpeza dos hectares, separando o que é capim e o que é grama, o que é desespero e o que é verdade, o que é culpa e o que é juízo, guardando o essencial de uma vida.

Nos primeiros anos, mal vai dormir. Terá, fincado no seu âmago, o tormento da escavação, dos barulhos da britadeira, das pancadas dos martelos, das vigas da saudade e da gratidão, das paredes sendo levantadas.

A impressão é que não suportará o processo, feio, confuso e desorganizado, um caos de desconforto e de poeira, um esqueleto de argamassa e pungência.

Pois a realidade operária nunca corresponde à planta dos sonhos do arquiteto e do engenheiro.

Pensará em desistir, abandonar a construção pela metade, gritar de raiva, desaforar as lágrimas, aceitar o despejo do passado.

Aos poucos, enxergará o patrimônio surgindo inesperadamente das suas palavras, do quanto foi amado e amou, do quanto ainda tem a carícia das lembranças para aninhá-lo nos momentos difíceis, do quanto uma pessoa jamais desaparece em vão: ela deixa um legado de inspiração.

Luto é um árduo e lento trabalho pelo interior de nossas emoções. É encaixar pedra por pedra de nossa perda, até termos um novo lugar de nossa sensibilidade para habitar, em que mortos e vivos serão para sempre amigos pacificados.

Quando a pessoa aperta forte a sua mão no leito do hospital, você sabe que ela vai morrer.

É um código entendido por todos.

Essa mão firme, agarrando os seus dedos, com mais força do que o habitual, é uma forma de nos avisar da despedida.

O doente usa a soma derradeira da sua energia, busca uma disposição inexplicável do seu profundo oceano, para um carinho final, para dizer que chegou o seu momento.

Ele tem consciência de que não tem mais o que fazer, de que os esforços médicos serão agora paliativos, e pede a você que acate a provação mais difícil, a mais dolorosa do amor: aceitar a morte!

Você aperta a mão de volta, não querendo deixar quem você ama para trás.

São duas mãos — uma consentindo em ir embora e a outra tentando fazer o enfermo ficar — tão entrelaçadas que ninguém seria capaz de separá-las. É um nó com várias voltas, formado por duas forças contrárias se desejando.

Você sofre de apego, o ente querido partindo sofre de desapego. Ninguém está feliz, mas ninguém está sozinho: tudo é necessário, tudo é importante, tudo é feito lado a lado. A gratidão e o perdão se abraçam.

Não são mãos dadas, mas mãos ansiosas e aflitas segurando o tempo que resta, o tempo que lhes resta juntos.

Não se fala mais nada, o "eu te amo" é desnecessário. A eletricidade inteira de duas pessoas mora nas mãos entrelaçadas.

Qualquer um vai chorar de emoção porque entendeu o recado.

Os rostos sequer se mexem. As lágrimas são as primeiras a acenar. Só elas correm nas faces imóveis, no mundo parado.

A saudade acumulada é tanta que você não se lembra de nada, apenas se encontra entregue a um presente absoluto, totalmente atento aos detalhes, aos movimentos mínimos da cena, capaz de ouvir, inclusive, uma por uma das gotas caindo do soro.

Não há como abotoar a camisola hospitalar e espantar o frio do sangue. Camisola não tem botões.

É como a fisgada de uma pescaria em que você, de modo oposto ao que acontece à beira-mar, pretende libertar o peixe, desembaraçá-lo do anzol, devolvê-lo para as águas, prolongar a sua existência.

É o cumprimento do adeus. Depois dele, há apenas o doce e redentor suspiro. E os olhos se fecham como um livro que foi lido até o fim. Você leu aquela vida até o fim.

Não existe como subtrair alguém de nossa vida. A faxina tem limite. Precisamos guardar uma prova física e material de nosso amor. Nem todas as páginas devem ser viradas. Algumas resistirão ao tempo com um bonito marcador. Assinalaremos onde paramos a leitura, destacaremos a numeração da folha em que os nossos olhos estacionaram.

Há números telefônicos de amigos mortos, por exemplo, que não tenho coragem de excluir. Às vezes, esbarro em um deles e choro.

Escuto áudios, reviso nossas fotos, até dou gargalhada de alguma piada, ou mania excêntrica, ou frase espirituosa.

Jamais descarto os contatos. Longe de mim mandar na saudade. Não há como eliminar quem permanece vivo em mim. Mesmo que seja uma recomendação do terapeuta para aceitar o luto. Aceitar o luto não é e nunca será apagar a pessoa.

Conservo os falecidos no meu WhatsApp como uma forma de investigar as confissões feitas, de lembrar nossos melhores momentos lado a lado.

Às vezes, os amigos mortos são mais atuais e sábios do que os amigos vivos, mais contemporâneos de mim.

Uma conversa antiga ainda pode me servir de conselho e de incentivo. A amizade não tem data de validade. O que foi dito muito antes pode me orientar agora.

Os corpos de nossos mortos contam com um lugar certo no cemitério, com as honras de uma lápide e a decoração de um vaso de flores, mas a alma é livre e está espalhada pelos gestos do nosso cotidiano.

A alma do outro jamais perece, jamais desaparece, continua acontecendo dentro de nós.

Como determinar o fim de um espírito? Ele é sopro muito além de ossos e terra.

Apague aqueles que lhe fizeram mal em vida, bloqueie quem se mostrou desleal, mas não bloqueie os seus mortos, porque eles não merecem a sua indiferença.

Fantasmas foram criados para termos medo dos mortos. São uma invenção da culpa.

Não têm nada a ver com quem amamos, com quem nos alegrou, com quem mora eternamente em nosso caráter.

Paz não é esquecimento, paz é gratidão.

Você somente encontrará sossego lembrando, conseguindo lembrar sem que doa tanto, reconhecendo tudo que viveram juntos.

Ainda não temos ciência de quanto a morte de quem amamos nos afeta.

Quando os pais estão vivos, você briga para não ser igual a eles. Quer ser único, ter um caminho próprio. Fica até ofendido quando alguém aponta para você: "É a cara da mãe!" Ou: "É a cara do pai!"

Alvo da comparação a toda hora na infância e na juventude, você busca se diferenciar ao longo do tempo pintando os cabelos, usando acessórios, vestindo-se com um estilo oposto, adotando distintas áreas de atuação profissional.

Sofre da sensação esquisita de duplicidade, de que você não tem singularidade, de que é uma miniatura dos pais.

Tudo muda com a morte deles. Você arca com uma profunda falta deles e assume o legado das lições.

Daí você faz questão de ser parecido com eles.

Migra da postura passiva da identificação para o comando soberano da apropriação. Tem vontade de ser parecido, não apenas é. Cria aproximações e convergências, descobre interesses mútuos.

Começa a se lembrar dos seus conselhos sem o tom de reprimenda, a converter manias antes odiadas em destaques dos seus temperamentos, a reconhecer o valor das preocupações que tinham com as suas escolhas.

Você passa a se parecer mais com os pais depois que eles morrem. Muito mais. Nem quando nasceu se mostrava com tantas semelhanças físicas. A determinação biológica é irrelevante perto da completa e irrestrita aceitação espiritual.

As conexões afetivas se multiplicam com o luto. Você se esforça para que a pessoa não desapareça, incorporando cuidados.

Você se torna, assombrosamente, uma alma gêmea. Quando o corpo de quem amamos vai embora, procuramos conservar parte da sua história.

Ocorre uma transposição da experiência em comum. A transcrição de uma vida por outra vida.

Acontece finalmente o download do caráter deles dentro da sua personalidade. Você acaba de baixar os arquivos — as fotografias, as músicas, os vídeos, as conversas, os documentos — de uma só vez. E chora rindo do que foi vivido junto — não imaginava que houvesse tanto material para assistir.

Vem um orgulho de ter sido filho deles, uma honra, uma gratidão inigualáveis.

Sua vontade é ir ao cartório mais próximo e registrá-los novamente como seus pais, de modo simbólico, retribuindo o que já realizaram a você no seu nascimento.

Diante da ausência, você se propõe a uma homenagem consciente, evidenciando o quanto aquela presença significou no seu amadurecimento.

A saudade muda os nossos traços. Acredite em mim. É o implacável DNA da saudade.

Todo mundo daria tudo para ter alguns minutos da presença de alguém amado que morreu.

Mas não precisamos disso. Sonhos são visitas. Sonhar com quem já partiu é uma extensão das lembranças.

A vida não se esgota com a morte. A vida não acaba com a morte. Você mantém o vínculo de amizade além do tempo.

A pessoa vem dar um conselho, dizer algo importante, confortar uma dor, amparar uma decisão. Nunca estaremos sozinhos. Somos vistos de cima. Somos vistos por dentro. Tanto que o sonho parece muito real. Você pode acordar emocionado.

A sensação é também corporal. Há quem se sinta abraçado. Há quem sinta a carícia nos cabelos. Há quem sinta a mão sendo apertada. Há quem sinta um calor inesperado.

É uma continuação da nossa memória.

Todo sonho é um dia a mais com quem morreu. Um dia exclusivo, que nos foi dado de presente. Um dia de lucro na lápide.

O sonho é uma conversa em particular. Uma conversa reservada a que unicamente você tem direito.

O sonho existe para praticarmos a saudade, para nos desfazermos da culpa, para termos chance de um reencontro, de uma palavra a mais, para pedirmos perdão ou apenas desabafarmos quanto sentimos falta da parceria na rotina.

Não é fantasia, não é loucura. Você terá a certeza de que o ente querido esteve ali novamente com você.

Logo ao acordar, receberá a confirmação de um sinal externo, de um hábito entre vocês, de alguma experiência em comum, de um segredo a dois. Talvez sinta um perfume no ar. Talvez perceba um pássaro na janela. Talvez surja uma chuva de repente batendo nas calhas.

A realidade física e a espiritual vão convergir.

Não queira depender do amparo de uma testemunha.

Não precisa cutucar um familiar para ver junto. Será em vão. O que você sentiu apenas você sentiu. É um sentimento, não um fato possível de ser dividido.

Não perca tempo da linguagem procurando que os outros acreditem na visita. Desperdiçamos cansativas horas tentando provar milagres que são só nossos, só para nós. Ninguém entenderá o que aconteceu, porque ninguém tem seus olhos de amor, seus olhos de luto.

Você jamais se desliga da alma, porque o corpo da pessoa não está mais entre nós.

Não tem como fugir da saudade. Não tem como escondê-la.

A gratidão é a memória do amor.

Se você amou, se você foi grato por uma vida na sua vida, você simplesmente não tem como virar as costas e seguir em frente.

A pessoa sempre estará na sua frente, mesmo morta, mesmo não estando mais ali fisicamente.

Você pode esvaziar o guarda-roupa, dar roupa por roupa do seu ente querido, e ainda vão restar os cabides vazios lembrando a você da ausência.

Você pode tirar tudo que tem na escrivaninha de porta-retratos, de livros, de diários, de troféus, de diplomas, e ainda vão sobreviver as marcas do copo de leite na madeira.

Você pode fechar o quarto para nunca mais entrar, mas o cheiro ainda repousará nas almofadas do sofá.

Será pego desprevenido pelo ausente. Na geladeira, localizará o que ele consumia, talvez a geleia de morango, talvez o doce de leite.

Os produtos, ironicamente, ainda estarão dentro da data de validade. Seu morto partiu antes deles. "Não é justo", você vai pensar um tanto assustado.

Não existe justiça na perda. Qualquer detalhe é um rastro da convivência.

Por mais que capriche na doação, esquecerá algo.

Haverá a xícara de café do falecido, a garrafinha de água preferida dele, os talheres entortados pela mania de abrir os potes com pressa (isso quando ele não usava os dentes).

Você abre o armário e se dá conta de que segue, de modo inconsciente, levando os Sucrilhos dele. Mantém a lista do mercado como se ele estivesse presente.

Aquilo que é seu é extensão dele. A própria bicicleta parada no depósito reconstituirá as trilhas que realizavam entre as árvores do bairro.

É bem possível que esteja fazendo a mesma porção de comida para o mesmo número de familiares. Não retirou ninguém da conta. Vêm sobrando mais refeições do que antes.

Perceberá que não adianta isolar a dor num aposento; por mais que esvazie a casa, aquela presença se encontrará por toda parte.

Pode até tentar morar num outro lugar, mas não diminuirá o apego, seu coração continuará repleto de recordações.

Porque não amamos pelo passado, amamos pelo futuro. Amar é futuro. A memória também tem esperança.

O futuro de quem amamos não acaba com a sua morte. Levaremos conosco o que não aconteceu e o que poderia ter acontecido até o fim dos nossos dias.

É uma existência paralela que precisamos aceitar.

No luto, jamais está em questão o amor que você sente pelo outro que partiu.

A saudade é absoluta. Não deixa dúvidas.

As lágrimas serão derramadas copiosamente. Ou os olhos afundarão nas olheiras. Alguns choram, todos secam. Ninguém questiona a soberania da dor. Sua magreza súbita indicará o alto grau de sofrimento.

Viramos pele e ossos. O espelho não vigora mais.

Este é o ponto. Você tem convicção como nunca da natureza infinita da sua afeição pelo ente querido. A falta dele por algumas semanas já revela a lacuna irreparável na sua vida. Dias são anos, anos são dias.

Quando você está no luto – e poucos falam disso –, é o amor-próprio que escasseia.

Você não tem mais amor por si mesmo. Você não se sente mais bonito, você não se sente mais atraente, você não se sente mais importante, você não se sente mais admirado, você não se sente mais acolhido.

Perdeu o olhar daquela pessoa que o tornava especial. Perdeu a referência de quem melhorava o seu ânimo, de quem o incentivava, de quem ria das suas brincadeiras.

Sua rotina é descascada, e não há mais o escudo da pele prosaica e cotidiana da alegria. É como se seu coração tivesse sido arrancado da árvore para não ser comido na hora. É agora uma fruta à deriva. Até a sua semente se converte em pó.

Além de dispensar as futilidades, os supérfluos, tampouco sente graça no essencial, no básico, nos regozijos mais elementares da sobrevivência.

Sua vaidade some a ponto de comprometer a sua saúde.

Não tem mais prazer de comer, prazer de conversar, prazer de dormir, prazer de sair, prazer de se arrumar.

Você se maltrata pela culpa, pois acha que existe um jeito de impedir a despedida, de alterar o percurso da morte no dia fatídico.

Descobrirá, em algum momento, que não errou ao proteger quem amava, não falhou ao estar presente: são os desígnios imutáveis do destino. Cada um tem sua duração peculiar, pessoal e insubstituível entre nós.

Só com o tempo você vai recuperar a confiança em si. Só doendo o tempo inteiro. Só se acostumando com a ausência.

Só você dorme na dor. Só você sabe o que é dormir na dor. Por algumas horas, você pensa que tudo não passou de um pesadelo. E logo se recorda do que aconteceu dentro da sua dormência. Acorda não querendo mais nem dormir, nem despertar.

Porque, quando a convivência com um amor se encerra, a vida e os sonhos perdem a graça simultaneamente.

É como ficar acordado dentro de um único dia eternamente. Os outros dias jamais recuperam o valor e a intensidade do passado. Os dias novos não são melhores do que os velhos.

Comparo a dor do luto a um colchão. Ninguém enxerga o colchão, a não ser quem ali descansa com as suas vértebras e emoções.

Os mais próximos perceberão os lençóis coloridos por cima da cama, os travesseiros envelopados pelas fronhas, o enxoval dos acontecimentos e os fatos recentes, atentos unicamente à decoração do quarto, ao que há por cima da mesinha de cabeceira.

Vão se ater ao que enxergam do lado de fora, não ao que ocorre por dentro.

Você pode se comunicar ao longo da rotina, contar histórias, trabalhar, exercer a educação e a gentileza, mas sempre voltará sozinho ao seu colchão. Sempre acabará sozinho com o seu sofrimento de perda. Não terá como dividir a angústia, por mais que o interlocutor seja um marido ou uma esposa, um filho ou uma filha, um pai ou uma mãe.

Aquele que morreu gera uma memória diferente para cada um dos familiares e amigos. Não há uma morte igual, consensual para todos.

Você se lembrará de um jeito, quem está ao seu lado se lembrará de outro. Até parece que não se trata da mesma pessoa. Depende do que fizeram juntos.

Sofre-se quando se esteve muito perto, quando se tem saudade do que poderia ter sido vivido.

O luto é o escuro intraduzível e individual de uma noite sem estrelas. É você e as costas pesadas no momento de deitar. É você e as cólicas do coração. É você e o torcicolo de se fixar num único rosto. É você e o ente querido nos ombros. Você carrega uma falta para sempre.

Ainda que modifique a superfície dos seus sentimentos, mantenha a normalidade das suas tarefas, cubra o sofrimento com forro colorido de um edredom, o colchão não muda. O fundo não muda. A ausência nua e despojada segue inteira no seu interior, impartilhável.

Por que você precisa contar a história de quem partiu a todo momento?

Talvez pense que seja uma tentativa de acreditar na morte. Para se convencer de que ela existiu e que aconteceu logo com alguém que você ama.

Talvez pense que seja para se acostumar com a ideia da finitude.

Talvez pense que seja um recurso para manter a biografia do falecido acesa na lembrança dos mais próximos, já que os conhecidos têm mais pressa de retomar a vida.

Talvez pense que seja um modo terapêutico de falar sobre o ocorrido até cansar.

Mas você jamais cansa. Você jamais se enjoa de recordar. Você jamais perde a vontade de buscar episódios e características daquele que morreu. A memória dentro da carência é inesgotável.

A grande verdade é que o nome do ente querido não sai da sua boca porque você tem um terrível medo de esquecê-lo. Não vai confessar isso a ninguém, para não parecer ingrato. Você se sente mal com os borrões inesperados nas evocações, nas fotografias mentais.

Só o enlutado entende o que estou dizendo. É um sentimento profundo que atinge aqueles que sofreram uma perda drástica.

Depois de alguns meses, o rosto do morto não é mais tão nítido quanto antes. Ele se torna enevoado. Pois você não tem, biologicamente, como renová-lo com a presença.

O natural do processo é que os vivos mudem com o envelhecimento. Transformem seu rosto, assumam rugas, amadureçam o olhar.

Então, por fantasiar repetidamente como o seu afeto estaria hoje, numa existência paralela, termina por se confundir sobre como ele realmente era.

Você fica em dúvida quanto ao formato das sobrancelhas, à largura do nariz, aos corredores dos dentes na boca, ao volume dos cabelos: algo escapa.

Enfrenta um baque entre o ser amado que você imagina crescendo e o ser amado que você viu pela última vez no instante da despedida.

Não é falta de amor, pelo contrário, é excesso de amor que embaralha a percepção e cria uma instabilidade.

É como estudar para uma prova e lidar com um apagão na hora de ler as perguntas. Sofre do nervosismo de acompanhar o tempo passando rapidamente e a ausência completando sucessivos aniversários de morte.

É um dispositivo da saudade. Você gostaria tanto de rever a pessoa que apaga parte dos seus traços como um pedido de socorro, como um pedido desesperado para um reencontro.

Se, no período inicial pós-morte, você tem medo de extraviar o rosto do falecido e suas características físicas, em compensação, você acessa uma memória secreta com a consolidação do luto. É uma chave que apenas se ganha pela dor do amor.

Convivendo com a pessoa, desfrutando da presença, não teria acesso a esses arquivos emocionais. Jamais o conteúdo se revelaria durante a proximidade. Porque você estava muito ocupado existindo e distraído com o que vinha armazenando.

O fluxo de imagens é liberado só depois de muito tempo da partida, só depois de muito tempo do adeus, quando você julgava que já não seria possível achar nada novo entre vocês.

A saudade pungente é que deslacra a porta remota, os compartimentos internos.

Serão recordações infinitas de instantes que nem pensava ter vivido com o outro: cenas domésticas, detalhes secundários, frases corriqueiras, banalidades emocionadas. Os prints da alma virão em cascata, arrastados pela enxurrada do pranto.

À sua disposição, fatos a serem lembrados pela vida inteira. Constituem uma reserva extra do calor humano.

Garanto que receberá, dali por diante, uma lembrança nova por dia do seu morto até o último dos seus dias.

Nunca passará a fome da proximidade. Nunca sentirá tédio. Nunca repetirá momentos.

Atravessará sensações de deslumbramento, encanto e descoberta — como se fosse um acervo inédito. E é inédito, pois você não tinha se dado conta de quanto havia de reminiscências recônditas, valiosas, incomparáveis.

A impressão é que alguém anotava o que era dito para que, agora, sozinho, você pudesse ler a transcrição integral, fidedigna.

Mesmo se perdeu um filho de um ano, ele renderá flashbacks para nutrir as próximas décadas.

Você não tem noção do que a sensibilidade é capaz de registrar e o que é possível rever após atingir o sofrimento mais profundo.

É algo que acontecerá exclusivamente com você, porque o luto é um segredo entre duas pessoas. Ninguém mais entenderá. Ninguém mais testemunhará esse milagre, essa chance de retornar ao passado dentro de nós. O passado estará vivo — e desconhecido, até para quem estava nele.

Representa um antídoto produzido pelo nosso organismo para atravessar o deserto do desconsolo, aceitar os limites, reconhecer o propósito do destino, respeitar a mortalidade.

Serve para combater a culpa e o arrependimento, para não amaldiçoar tudo que não foi vivido nem lamentar tudo que não foi possível de experimentar com o ente querido.

Não ficará mais preso no "se", mas livre no usufruto desse legado personalizado.

A ausência não será mais penúria, a invisibilidade não será mais precariedade. Você vai se abastecer quanto quiser da antiga presença.

Agradecerá o que aprendeu com aquele nascimento, e não mais se angustiará pelo tempo que não passarão lado a lado.

Você fica aflito com as contas a pagar, com os trabalhos pendentes, com aborrecimentos no relacionamento, com divergências entre amigos, até perder alguém e nada disso mais fazer sentido.

Um dos primeiros atos da morte do ente querido é acabar com as tristezas inúteis. Com as tristezas bobas. Com as tristezas levianas. Com as tristezas provisórias.

Pela primeira vez na vida, você separa a tristeza da dor. Tristeza é do momento, dor é da existência.

É uma peneira rigorosa das mágoas. Um filtro severo que se estabelece já no enterro.

Percebemos que éramos contaminados por falsas urgências. Experimentávamos uma miragem de obrigações inadiáveis numa teia de contatos rasos.

Aquele tudo ou nada não existia, era uma invenção da ansiedade.

Você é pego desprevenido por uma ausência irreversível, recua no tempo e vê que se ocupava inteiramente com bobagens.

Os desconfortos de antigamente tornam-se absolutamente irrelevantes e circunstanciais depois do baque de um falecimento.

Diante de um sofrimento verdadeiro, sem precedentes, como o que sente agora, entende que se desesperava sem necessidade, que a sua rotina não se mostrava tão ruim assim. Vem um exame de consciência de como somos enganados pela pressa.

É como se a morte do nosso afeto arrancasse as nossas roupas da alma, e finalmente compreendemos a diferença entre o frio de dentro e o frio de fora, e reconhecemos que os invernos passados não eram tão rigorosos, porque tínhamos como nos aquecer com a proximidade.

Você pode, inclusive, pensar: quantas lágrimas foram gastas à toa?

Pode se decepcionar retroativamente com o desperdício: no instante em que realmente pena por um motivo justo, por uma despedida feroz e lancinante, por não ter mais à disposição uma alma que tanto apreciava, hoje gostaria de chorar e não consegue.

Isso acontece porque o pesar é fundo e demora para vir à tona.

Na tristeza, choramos. Na dor do luto, nosso grito é mudo. Por mais que desçamos no poço das lembranças, nunca chegamos ao seu fundo. Não há balde que traga todo o lamento para a superfície.

A perda já está misturada à nossa essência.

A grande escritora Lya Luft, que nos deixou em dezembro de 2021, criou uma imagem extremamente simbólica da morte.

Ela dizia que estamos na fila. Morrer é uma longa fila. Cada um tem o seu posto. Não há como sair dele ou ir para trás. Não há como voltar para o fim da fila.

É inútil tentar espiar o tumulto na porta da eternidade. A triagem permanece longe da sua consciência e do seu campo de visão.

O fluxo de pessoas dobra o quarteirão. Você não enxerga quanto ainda precisará andar. Nem quanto já percorreu.

Pode ter quarenta anos e estar se aproximando do desenlace. Pode ter oitenta anos e ainda experimentar um longo tempo de pé.

A cada dia, você avança mais um pouco para a sua despedida. Um dia a mais é também um dia a menos.

Não importa quem você é, quanto acumulou de dinheiro e de posses. Não há como vender o seu lugar ou comprar um mais distante. A morte é inegociável. Não vai funcionar carteiraço, muito menos desafiar os fiscais e os anjos perguntando se sabem com quem estão falando.

Sucesso e fama não garantirão um espaço vip. Milhões de seguidores nas redes sociais não reduzirão o tamanho da sua solidão.

Somos todos pobres no fim. Sem malas. Sem bagagens. Sem documentos. Sem bolsa. Sem passaporte.

O que vale é o que carregamos em nosso coração, nada mais.

Não teremos informação de quantas pessoas estão atrás ou mais adiante.

Não haverá como sair do nosso ritmo, do nosso andamento, do nosso destino.

Tampouco desfrutaremos do conhecimento de quantos familiares estão por chegar lá.

Ninguém dará spoiler ou avisos prévios da nossa duração por aqui.

Não existe fila preferencial. A idade não traz nenhuma diferença ou benefício. Seu filho pode estar na sua frente, e você não conseguirá fazer nada. Não há como ceder o seu lugar para ele. Quando sua esposa ou seu marido estiverem quase saindo da fila, você nem desconfiará.

As coisas só acontecem quando têm de acontecer. Portanto, não menospreze nenhum momento. Esteja preparado para partir a qualquer instante, para não adiar mais nada da sua vida.

Não guarde mágoas, não procure vingança, não amontoe fantasias irrealizadas, não esconda seus medos nas gavetas, não cultive ressentimentos, coloque suas dores ao sol, não fuja de encontros porque deseja estar cem por cento ou inteiramente disponível, não se afaste dos amigos leais, não desmereça o seu corpo, não brigue com a família por ser teimoso ou orgulhoso, já calejado com a sua dificuldade para perdoar.

Às vezes, o andar na fila é mais apressado quando somos avarentos conosco, quando nos acreditamos onipotentes. Outras vezes, é mais lento, principalmente quando somos felizes na simplicidade, humildes no improviso e esquecemos que estamos morrendo de tanto que estamos vivendo intensamente cada minuto.

Talvez devamos aprender mais com a saudade dos cachorros, que é oposta à nossa.

A nossa saudade é medida pela régua cronológica. De acordo com a espera, sentimos falta de alguém. Ela não é imediata, porém cumulativa.

Medimos a saudade pela distância. Quanto mais tempo distantes, mais saudade.

Somos filhos do adeus, devotos da lonjura.

Cachorro apresenta uma natureza absolutamente diferente. Mais intensa. Mais pura. Possui um afeto transparente, exemplar, incondicional.

Ele não controla a sua emoção pelo relógio.

Você sai de casa por quinze minutos; na hora de voltar, o cão irá recebê-lo como se tivesse desaparecido por uma década. Com um arfar de completo abandono.

Vai pular no seu colo, fazer festa, abanar o rabo, correr de um lado para o outro, exibir a sua vitalidade, trazer um brinquedo, lamber o seu rosto.

Tente repetir a cena, fingir nova saída, fechar a porta por uma breve lacuna e logo ressurgir. O acolhimento será igual. A recepção jamais perde sua força. É uma saudade funda e oceânica de alguns instantes. É saudade fora do esquadro do tempo. É uma saudade de você, independentemente de quanto esteve fora.

Regulamos o nosso apego pelo alcance visual. Trata-se de um excesso de confiança nas aparências.

Já o cachorro cria os laços pela essência, pelo agora. Tanto que é ele que o leva para passear, não o contrário. Você pode supor que ele está querendo fazer xixi, descer desesperadamente para a rua, socializar com seus colegas de bairro, gastar a sua energia, mas não:

ele notou que você anda desanimado, triste, cabisbaixo, e toda a iniciativa é dele de levá-lo para a vida lá fora, para você sair do confinamento, desfrutar de uma trégua de respiro e paz, arejar o coração.

Na hora em que perdemos quem amamos, finalmente incorporamos a saudade canina, a saudade instantânea, a saudade fora do tempo, a saudade de qualquer minuto.

É uma das tarefas mais complexas de desapego ter de desocupar um imóvel quando pai ou mãe morrem. Pois é uma limpeza terceirizada e intrusa.

Você não tem o olhar de quem partiu para selecionar o que é importante. O que está lá, se não foi descartado em vida, é fundamental para aquele que morava ali.

É um desmoronamento de objetos, uma avalanche de detalhes, que você não tem ideia de como dar conta ou onde colocar.

Abre os armários e vêm livros anotados, diários, cadernos de estudos, diplomas, certificados de cursos, passaporte, correspondências trocadas entre amigos, postais, fotografias.

Nunca passou pela sua cabeça e pelo seu coração que existia tanta tralha, tanto acúmulo de vivências. Nunca sofreu assim com os próprios fretes e mudanças. Neles, poderia jogar algo fora sem dó nem piedade. Aqui, agora, de modo algum. Não se trata das suas escolhas: cada item geme ao seu toque, como se, dentro dele, houvesse dobradiças enferrujadas.

Não percebe que já se encontra sentado no chão durante horas, analisando folha por folha, tentando se encaixar naquela biografia, tentando esperar o momento do seu nascimento.

Não pode desovar as gavetas e fazer uma fogueira. Está mexendo nos sonhos e nas esperanças de uma pessoa predileta. É o seu pai, é a sua mãe, não é qualquer um.

A triagem exige paciência para não descartar injustamente um fato marcante, um talismã, uma preciosidade individual.

Existe uma curiosidade para ler tudo e descobrir informações novas do falecido ou falecida. Ao mesmo tempo, arca com a pressa característica da dor para não se prender ao passado, para não se afogar nas lembranças e despertar traumas e medos.

É capaz de reservar dez por cento, vinte por cento do material encontrado para sua casa, aquilo que combina com o seu gosto ou com o seu temperamento. Diante do restante, você ficará desorientado para decidir um destino.

Há um violão, e você não toca; há um teclado, e você não usa; há aparelhos de medir glicose e pressão de que você não tem necessidade; há uma decoração de vasos e cristais do século passado, e você não tem noção do valor.

Para ser fiel ao inventário e definir um fim digno àquele conjunto infinito de peças, conquistado à base do suor e do trabalho de alguém, deveria largar o emprego e se transformar num brechó, pesquisando preços e anunciando na internet.

Essa opção não é viável. Não desfruta de tamanha liberdade de horários.

E também dói vender uma relíquia emocional. Dói se desfazer do que já foi essencial a uma existência.

Experimenta uma confusão de sentimentos, um emaranhado de emoções, um novelo perdido nas patas do caos.

Você separa o radinho de pilha que servia para ouvir futebol e notícias, separa o gravador retrô, separa o três em um fora de linha e, de repente, começa a achar que os está roubando do seu ente querido. É uma sensação estranha, hostil, de pegar o que não é seu, mesmo que seja seu por direito de herança.

Fogão, geladeira, micro-ondas e sofá, o que forma o mobiliário comum não lhe provoca constrangimento de passar adiante aos mais necessitados. A doação elimina a culpa.

O embargo decorre do legado emocional do acervo: da caligrafia, da devoção por trás da aparência, do amor escondido na usura.

Como se você estivesse matando seus pais pela segunda vez.

Por isso, as múmias no Antigo Egito eram enterradas com os seus pertences.

O medo da morte nasce com o filho, no mesmo instante do parto. Anteriormente, você esnobava a própria finitude, nem sequer contava com uma perspectiva da sua longevidade.

Você sabia se virar sozinho, não tinha nenhuma responsabilidade direta com alguma vida, poderia se arriscar e não dar tanto valor à sua existência, cometia excessos, aventurava-se no desconhecido, sem prestar satisfação da sua segurança nem recear a imprevisibilidade.

Sua liberdade se avizinhava da inconsequência. Era adepto da adrenalina do instante, da intensidade do presente, dos acasos emendados.

O futuro não assustava. Não dava a mínima para a posteridade da sobrevivência.

Nasce sua criança, e sua conduta se altera drasticamente. Sua eventual ausência começa a preocupá-lo.

Você se analisa a partir do filho, não mais pela sua impetuosidade. Guarda-se mais, preserva-se mais, modera as suas atitudes passionais.

Quer estar o máximo possível ao lado dele, acompanhar o passo a passo da sua formação.

Morrer cedo seria o equivalente a sacrificar o tempo precioso de ser mãe ou de ser pai. Não deseja perder nada, nenhum grande momento do álbum de fotografias do seu rebento.

Você já estabelece como metas buscá-lo na creche, na escola, na universidade, formar plateia das colações de grau, acompanhar os namoros, as amizades, as viagens, as descobertas de cada fase.

O umbigo sai do lugar. Tem uma nova régua para durar. Importa-se com a sua saúde, cobra-se exames periódicos, volta cedo para casa, não vira noites pela vaidade de ser visto.

Tanto que nota que está envelhecendo não mais pelo rosto no espelho, a partir das rugas e dos fios grisalhos, e sim pelo filho crescendo, pelas roupas cada vez maiores dele.

A metamorfose pode soar como uma covardia para si mesmo, já que não desfruta da disponibilidade de sair a qualquer hora, e uma retração aos amigos próximos, já que se afastou do convívio.

Mas, pelo contrário, esse medo traz uma coragem que nunca conheceu ao longo do seu percurso de autoconhecimento.

Pelo filho, você é capaz de fazer qualquer loucura. Mais do que faria por você mesmo antes da chegada dele. Não sofre de nenhuma incerteza, vacilação, de nenhum pudor. Inventa de realizar tudo que adiou no trabalho e nos relacionamentos para sustentar o filho e corresponder às expectativas de tutor.

Nem se reconhece, tamanha a convicção decidida de acertar. Nem acredita que um dia já se achou insuficiente.

Se, por fatalidade, se, por infortúnio, ocorre a inversão da hierarquia biológica, da sucessão natural dos acontecimentos, e o filho morre, desaparece o seu medo de morrer, o sentido da preservação, a lealdade ao cuidado.

O medo passa a ser outro mais terrível: o de viver.

Amor incondicional existe? Existe.

Mas não é o que imaginamos. Trata-se de uma situação excepcional da existência, quando a ordem natural da sucessão e da despedida é rompida.

Não é o que você sente com o filho vivo, é o que você continua sentindo pelo filho morto.

Só quem perdeu um filho sabe o que é amor incondicional. Mais ninguém. Até Deus provou essa terrível entrega, acima de todos os pesares, com a crucificação de Cristo.

Amor incondicional não é morrer no lugar do filho, é seguir vivendo com ele morto.

Porque é fácil amar o filho presente, difícil é amar o filho quando ele não está mais aqui. É amar o filho ausente pelo resto dos seus dias.

Amor incondicional é seguir vivendo pelo filho, por mais difícil que seja. Ajeitar aquela dor incessante e incurável para permanecer ativo no trabalho, para permanecer convivendo, para permanecer ouvindo o que não interessa (nada mais interessa), para permanecer sendo gentil com a família e amigos. É levar a dor para passear, levar a dor para suas viagens, levar a dor para as férias. A dor é uma bagagem permanente, usada inclusive dentro de casa. Às vezes, pesa excessivamente, mal se pode caminhar segurando a sua alça.

Amor incondicional é suportar a saudade sem abraçar a pessoa, sem beijar a pessoa, sem ouvir a sua voz, sem aconselhá-la ou orientá-la, sem recolher as suas roupas pelo chão, sem se surpreender com as mudanças de seu rosto ou com o acréscimo vertiginoso de altura, sem ter o direito de falar algo importante que aprendeu com a rotina.

É não permitir que a memória do filho morra quando todos já o esqueceram, depois de tanto tempo da despedida.

É rir de alguma história vivida junto para, em seguida, chorar porque ela não vai se repetir.

A gargalhada e a lágrima são agora amigas. Uma consola a outra. Acontecem no mesmo instante, não estão mais separadas como antes. As paredes entre elas ruíram, desaparecendo a vedação entre o bom e o ruim, entre a felicidade e a tristeza.

Amor incondicional é o maior sofrimento que há na alma. Ocupa grande parte das sinapses. O sangue das artérias corre para um nome que sequer é pronunciado.

É uma loucura da mais absoluta normalidade. É uma cama nunca desarrumada. É uma cadeira estacionada para sempre por baixo da mesa. É uma roupa pendurada no cabide com cheiro de guardada.

Não há como demonstrá-lo por alguém que se encontra perto, tangível. Exige um grau de sacrifício épico para não desistir do cotidiano, apesar de subtraída uma das mais inspiradoras razões de viver.

É você não deixar de rezar uma noite por aquele fruto arrancado, que nasceu do seu coração.

É subir na árvore da solidão enquanto a residência dorme, para lembrar-se do galho de onde o fruto surgiu.

Amor incondicional não é fazer tudo pelo filho vivo, é ainda fazer tudo pelo filho mesmo ele estando morto.

Quando você perde um filho, não tem como ocupar o quarto dele novamente. É diferente da reorganização do espaço com o luto de um pai, de uma mãe, de um marido ou de uma esposa. A casa encolhe, o corredor é abruptamente encurtado, o trânsito é desfeito para um dos aposentos. Uma ponte foi derrubada entre as duas pontas da construção e dos afetos.

O quarto desaparece. Será um dormitório a menos para sempre na planta residencial.

Você não consegue transformá-lo em escritório, nem repassá-lo para um irmão, ou usá-lo como depósito. É uma porta fechada. É um santuário de uma ausência. É uma capela da amargura.

O pai e a mãe enlutados vão demorar a entrar no seu território. Para não desabarem em choro, para não serem tragados pela sucção do soluço.

Não existe preparo algum para visitar a falta de esperança, a extinção de uma biografia.

Não irão conseguir mexer nas gavetas, tirar qualquer coisa do lugar. Não apanharão um livro, não ajeitarão a bagunça, não organizarão os sapatos e tênis debaixo da cama. Pode ter uma camisa no chão, que ela não será levantada.

A curiosidade não supera o sofrimento.

Ainda que sintam a garganta seca, a sede de saber sobre os últimos pensamentos, as últimas anotações, as últimas mensagens, as últimas ações de quem partiu, não terão coragem de alterar a cena da saudade.

Ela seguirá intacta até o fim dos dias. Porque invadir a privacidade é aceitar a morte.

Nenhum pai, nenhuma mãe admite os pêsames. Fingirão que o filho está longe ou viajando. Fingirão que ele está ocupado demais para mandar notícias.

Se acreditarem na despedida, não suportarão a dor. Enganar-se, nesse caso exclusivo da existência, é sobreviver. É a única mentira perdoada por Deus.

Deixarão tudo do jeito que estava, esperando um milagre. Esperando ganhar tempo. Esperando que tudo tenha sido um grande e injusto equívoco.

Não abrirão nem as janelas, pois seria tirar um pouco do perfume do filho de dentro do ambiente.

Todos os quartos dos filhos mortos no mundo têm as cortinas fechadas. São frascos da presença. Não se permite que o vento entre e leve o cheiro da pele.

Sequer serão trocados os lençóis ou as fronhas dos travesseiros — permanece o calor do corpo debaixo da memória, debaixo das cobertas.

Não peça a eles que ressignifiquem a perda. Ela não pode ser transformada em algo maior. Não há algo maior do que o amor interrompido. Aceite a crueldade dos fatos: ninguém aprende nada com a morte do filho.

Morremos com as nossas esperanças.

Com as nossas esperanças intactas, irresolutas, inéditas.

Morremos tentando não morrer. Aguardando não morrer. Os dias seguintes desconhecem o nosso fim: estarão cheios de compromissos, de reuniões, de pessoas a apertar a mão, de afetos a abraçar, de telefonemas e mensagens a retornar.

Quem morre já comprou passagens para as férias, quem morre já adquiriu ingressos para um show no fim de semana, quem morre já reservou um restaurante para sair de casal, quem morre já confirmou a presença numa festa, morre achando que teria todo o tempo pela frente.

Não haverá estorno. Não haverá devolução das experiências pelo não comparecimento.

Ficarão roupas novas com etiqueta no armário, livros parados ao meio na cabeceira da cama, projetos iniciados, amizades a perder de vista.

Quanto maior a esperança não usada de uma vida, maior a dor do luto, o que explica a devastação de perder um filho. É uma dor inominável carregada de esperanças nos ombros. Cada uma das esperanças irrealizadas dói.

Como pai, como mãe, você cria uma existência paralela, ano a ano, do que o filho estaria fazendo.

Trata-se de um equívoco falar que os pais enlutados não esquecem a morte do filho. Eles esquecem. Fazem questão de esquecer.

Os pais esquecem a morte, o que eles não esquecem é o nascimento. É impossível esquecer que ele nasceu mais do que ele morreu.

Você passa a aniversariar uma ausência.

Todo ano: "Ele estaria com 15 anos, ele estaria com 16 anos, ele estaria com 17 anos..."

Todo ano: "Ele estaria completando o ensino médio, ele estaria se preparando para o vestibular, ele estaria entrando na universidade."

Todo ano, você sopra velas apagadas. Velas do que poderia ter sido. Velas que não vão voltar a se acender. Velas com o fogo extinto.

Todo ano, uma nova vela apagada é acrescentada à sua frente. Para você fantasiar em cima da falta de memória, em cima da falta de futuro.

Então, como alguém pode ousar censurar seus atos, repreender seu excesso de imaginação, dizer-lhe que pare de sofrer? Que não tem mais nenhum aniversariante ali presente? Que está alucinando?

Que indiferença é essa? Que avareza é essa? Que carência extrema de empatia é essa?

Esperanças jamais perecem.

Quando morre alguém com mais de 85 anos, não somos tocados pelo mesmo pesar, pela mesma compaixão. Não nos afeta tanto. Não nos escandalizamos com o obituário. Não mergulhamos no pasmo e no espanto de querermos logo descobrir como aconteceu o desenlace. Internalizamos a causa natural.

Costumamos justificar que viveu bem, que viveu muito. A velhice parece ser um atenuante do fim.

Como se o luto de um ente querido na terceira idade doesse menos, já que ele teve a sorte de viver por um longo tempo.

É um preconceito, ou talvez uma defesa moral contra o impacto do luto.

Justamente devido à longevidade de quem ama, você é capaz de sofrer o dobro. Tem mais lembranças das quais se lembrar, tem mais momentos juntos dos quais sentir falta, tem mais experiências em comum.

A figura se mostrava com tamanha pontualidade, com tamanha assiduidade, no seu dia a dia que você nem acreditará no seu repentino desaparecimento.

Acabará vítima de uma avalanche emocional, soterrado pelo vazio. Lágrimas virão aos borbotões, pesadas como cristais.

Quanto mais vive uma pessoa, maior o nosso apego, maior a fortuna que ela nos deixa de gestos e palavras.

O repertório para a saudade será gigantesco, terá um baú de cenas inesquecíveis, um testamento imenso de lições, um relicário de detalhes da convivência, um manancial de conselhos, passando por manias até registros inteiros de conversas.

Por isso, sentimos tanto a partida de um vô ou de uma vó. Jamais naturalizamos as suas despedidas. São abruptas e inconsoláveis, mesmo que eles já tenham um histórico de doenças e de internações. A razão não sustenta o coração, a previsibilidade não suaviza o choque.

Apesar da consciência da finitude deles, não estaremos preparados para enfrentar a profundidade das suas lacunas.

Representam nossas raízes, com seus tentáculos de ternura espalhados por baixo do chão de nossos princípios.

Não temos noção de até onde as raízes se estenderam dentro de nós. E se atravessaram, de modo subterrâneo, ruas inteiras da nossa personalidade?

Só podemos enxergar a árvore, a aparência da árvore, não as raízes. Elas tornam-se visíveis unicamente após o tombamento do tronco.

A constância dos laços, portanto, aumenta a tristeza do adeus. Você se acostumou com aquela presença. Até a julgava eterna. É difícil admitir que ela não estará mais aqui oferecendo o conforto de um abraço ou o aconchego quente das mãos dadas.

Na morte, somos sempre crianças, não importando a idade ou o tamanho do caixão. Sempre terá sido cedo.

Você já imaginou o que seria a sua vida sem seus pais?

Ver aqueles números no celular e não poder mandar mensagem?

Não mais contar com a possibilidade de visitá-los para roubar um colo e desabafar as mágoas?

Não mais ouvir seus conselhos na mateada?

Não reclamar que eles estão usando o dedo preguiçosamente como talher para apanhar o arroz na borda do prato?

Localizar algo de que eles gostam no comércio e não ter mais sentido comprar um presente?

Sentir vontade de um abraço e se perceber impossibilitado de comunicar a saudade?

Agora pense nos seus pais envelhecidos de 75 anos, de 80 anos. Eles não têm mais pai nem mãe. Seus avós morreram faz tempo.

Seus pais sofrem com a despedida dos seus protetores. É como dormir sem a parte de cima da casa nos dias de tempestade, sem a bênção dos seus velhos para acalmar as tormentas. É uma dor destelhada.

Não há quem olhe por eles assim como você é olhado com tamanho zelo por ambos.

A alma deles é um orfanato.

Não importa a idade avançada, seus lutos são de uma criança aprendendo a se virar sozinha, assumindo precocemente a responsabilidade pelos seus atos.

Tanto que eu acredito que só amadurecemos quando perdemos os pais. Quando a data da partida se consolida como um segundo aniversário.

É um vazio existencial que se descortina e fica para sempre. A vida jamais será a mesma. Carecerá de uma cola para ligar as peças da sua memória. Suas sensações virarão fantasmas, o vento se transformará numa voz, a chaleira apitando será uma campainha por dentro do peito. A rotina se abrirá ao sobrenatural com a materialidade de quem divide uma bergamota.

Tenha em mente que seus pais não têm mais os pais deles quando repetem uma história.

Tenha noção de que seus pais não têm mais os pais deles quando esquecem o que havia por dizer.

Tenha consciência de que seus pais não têm mais os pais deles quando telefonam e você está prestes a recusar a ligação.

Tenha no coração que seus pais não têm mais os pais deles quando se atrapalham com uma tarefa simples.

Tenha no horizonte de ideias que seus pais não têm mais os pais deles quando começam a chorar, ou quando acordam desanimados, ou quando reclamam de tudo.

Não os condene, não os censure, não desapareça. Contenha a sua ânsia de se afastar para ter menos trabalho e preocupações.

Seja mais paciente, mais compreensivo, mais generoso, mais amigo dos seus pais.

O silêncio deles é mais profundo do que o seu, a distração deles é mais violenta do que a sua, o suspiro deles é mais longo do que o seu.

Todo pesar é, no fundo, um apego. Você não poderá ocupar o lugar de quem partiu — estará postumamente preenchido —, mas pode se sentar próximo dos seus pais para diminuir um pouquinho a falta que faz o passado.

Nem sempre o casal que se ama pode ser enterrado junto. E não é por falta de amor.

Eu fiquei sabendo recentemente que a minha lápide não poderá estar ao lado da lápide da minha esposa. Não dividiremos o jazigo. Por mais que tenhamos um pelo outro irrestrita devoção.

Estávamos falando de seguro de vida no almoço, plenos de saúde, felizes, rindo, quando, de modo inconsequente e repentino, comentei com Beatriz o meu desejo de ser enterrado em Porto Alegre.

Tenho o mapa da capital gaúcha tatuado nas minhas costas, a primeira cartografia do lugar, datada de 1772.

Em relação à cidade, guardo uma diferença exata de dois séculos.

A minha escrita inteira se desenvolve pela luz, pelo sotaque, pelo espaço porto-alegrense, onde criei os meus filhos e fui criado, onde aprendi a caminhar, a falar, a abraçar, a amar, a admirar o vento forte nas árvores, o sol espelhado no rio Guaíba, as golas verdes e capuzes cinza dos morros no inverno e a chuva absolutamente inclinada que dribla as sombrinhas mais firmes e retas.

Minha despedida será aqui, para reunir os meus amigos e celebrar a história de um menino feio, com diagnóstico de "retardo mental" na infância, alfabetizado pela mãe em casa, fortemente atraído pela beleza das palavras.

Perguntei à minha esposa, que é mineira:

— Você vem comigo?

Ela se ausentou por um tempo em pensamento, cutucou a comida e me disse:

— Não me leve a mal, mas não poderei ir com você.

Foi o primeiro não que recebi dela para um destino em comum, depois de tantos sins: o sim do namoro, o sim do casamento, o sim de dividir o teto, o sim da família.

Juro que me assustei um pouco com o desvio da minha idealização, com a encruzilhada surgindo num caminho que julgava único e natural, com a dissidência no meio das convicções de repouso derradeiro.

Porque eu me vejo envelhecendo com ela, com o buquê grisalho dos seus cabelos em meu colo, ambos se ajudando a se levantar da cama, apoiando-se nas lembranças e sobrepondo as mãos e as alianças nos corrimões das escadas.

Assim também me enxergava na mesma campa ou parede no fim dos nossos tempos, repartindo as fotos ovaladas, o sobrenome, a saudade, as heras e os vasos de flores, trocados quinzenalmente pelos nossos parentes.

Notando a discrepância entre nós quanto ao testamento do corpo, questionei onde ela gostaria de ser enterrada.

Ela me respondeu com doçura e me deu um motivo de apego para amá-la ainda mais:

— Em Belo Horizonte. Não posso deixar a minha mãe sozinha lá.

Fazia sentido. Ela era agora mãe da memória da sua mãe, cuidadora do seu legado.

Clara havia falecido anos atrás e não contaria com ninguém por perto para continuar a Ave-Maria do rosário.

Beatriz rompia com qualquer propósito egoísta. Mesmo depois da morte materna, ela ainda se preocupava com a solidão da mãezinha, com o isolamento da mãezinha, em oferecer companhia.

Eu já me orgulhava da esposa que eu tinha. Passei a me orgulhar da filha que ela demonstra ser por toda a eternidade.

Jamais abracei a minha sogra. Jamais beijei a minha sogra. Jamais apertei a sua mão ou pude vê-la frente a frente.

Dizem que Clara era a alegria em pessoa. Fazia amizades no clube, na igreja e até no ponto de ônibus. Todos a conheciam pela erudição e simpatia. Foi professora e catequista.

Ela faleceu de fulminante leucemia duas semanas depois do meu início de namoro com Beatriz.

Eu somente tive a alegria de falar com ela por telefone. Foi meio de susto. Estávamos no saguão de um teatro em São Paulo. Beatriz falava com sua mãe ao celular enquanto eu esperava que terminasse a ligação para procurar nossos assentos, e ela, do nada, me passou o aparelho:

— Minha mãe quer falar com você!

Eu estranhei, já que o gesto era meio precoce para um relacionamento que recém havia começado. Parecia uma oficialização do namoro antes da hora, antes do pedido formal entre nós.

Fiquei sabendo que a sogra lia meus textos e que meu livro pousava como predileto na sua cabeceira. Talvez vinha estudando o temperamento do futuro genro.

A ligação foi profética, nem um pouco comum e banal. Até hoje, lembro-me exatamente do que ouvi. Ela me encorajou, ela me incentivou, ela me amparou. Não se restringiu a uma troca amistosa de palavras entre dois desconhecidos. Existia uma mensagem poderosa sendo ditada para mim:

— Você é um sonhador, Fabrício. Você enxerga longe. Leve Beatriz para seus sonhos: ela está precisando de uma nova realidade.

Pego de surpresa com tamanha intimidade, eu apenas consenti, apenas aceitei a missão: "Pode deixar!"

Aquilo me mexeu por dentro. Como alguém que não me conhecia me conhecia tão bem?

Nunca iria imaginar que seria o nosso primeiro e último diálogo. Mas, possivelmente, eu senti algo de diferente no ar. Um aviso do destino.

Fiquei transtornado naquela noite. Beatriz questionou meu olhar perdido. Era um olhar voando.

Na manhã seguinte, eu acordei e logo a chamei para conversar:

— Não sei explicar, mas a sua mãe precisa de você. Volte para Belo Horizonte hoje.

Beatriz não entendeu a urgência. Ela ficaria em São Paulo por mais uma semana, de férias. Imaginou que Clara tivesse dito algo para mim em particular.

— De onde, isso?

Esclareci que se tratava de um pressentimento, não existia nenhuma confidência.

O mais incrível é que Beatriz acatou o meu conselho. Confiou em mim. Trocou as passagens e chegou à capital mineira na mesma noite. Voltei para Porto Alegre, onde morava.

Ao desembarcar, Beatriz descobriu que a mãe não se encontrava em casa. Havia sido internada no hospital por tontura e fraqueza naquele dia.

Ela teve a chance de se despedir da mãe, de permanecer ao lado dela nos seus últimos momentos. Pôde cuidar dela, viver mais um pouco o seu brilho para se abastecer de saudade e não sofrer da culpa da distância.

Eu compareci ao enterro, já como namorado de Beatriz.

Coloquei a minha mão no caixão e reafirmei a promessa para Clara:

— Pode deixar comigo. Vá em paz, minha sogra sonhadora!

Você sempre fica pensando o que poderia ter dito antes de se despedir de um afeto. Fantasiando frases, declarações de amor.

Você gostaria de ter falado palavras bonitas, tocantes, antes da partida, que fossem lembranças invencíveis da sua ternura.

Mas a morte rouba as nossas palavras. A morte é o nosso completo silêncio. Um jejum da linguagem.

Nas vezes em que estive com alguém à beira da morte, eu não consegui falar nada. Nada. As palavras não saíam. Eu me afogava no abraço, ou as lágrimas molhavam o meu texto ensaiado.

Nos momentos de maior emoção, sempre ficaremos mudos.

E não é uma incompetência sentimental, acontece com todos.

Ou porque você não quer que o enfermo se esforce com os murmúrios, que sofra ainda mais respondendo, ou porque há tanto o que dizer no fim de uma existência que você não sabe por onde começar.

O que calamos na despedida, no leito do hospital, vamos revelar no enterro para os outros.

Morrer é ser admirado pelas costas. Uma covardia frente a frente no estertor e uma admiração corajosa pelas costas, na ausência.

Tanto que eu vejo o enterro como a última sessão de cinema de uma vida.

Cada um que entra no velório é, ao mesmo tempo, personagem e espectador de uma biografia que não irá se repetir.

Ao redor do caixão, é projetado um filme dentro de cada olhar de saudade ali presente.

Sentamo-nos nas cadeiras, escorados na parede, e lembramos as principais cenas de uma trajetória singular.

Assim como não se nasce impunemente, tampouco se morre sem homenagem, nas lacunas do esquecimento.

Apesar da dor, existe uma urgência de não desperdiçar a chance de expor o que sabemos a respeito do morto. Ansiamos acrescentar um capítulo inédito ao roteiro.

Não importa quem conheceu mais ou menos o falecido, quem era mais próximo ou mais distante. O fim torna qualquer um íntimo. O pesar não cobra ingresso.

Trata-se de uma expiação fundamental para montar o copião de uma história.

Ouviremos os relatos dos confidentes e familiares e nos daremos conta de que não conhecíamos tudo a respeito de quem se foi. Há fertilidade debaixo da terra.

Entre as conversas e os pêsames, desvelaremos uma nova faceta do nosso afeto. Vamos até rir de modo impróprio de um "causo" ou de uma piada inéditos. Por isso, gargalhadas interrompem choros em solenidades fúnebres.

Talvez descubramos que aquele homem sério no trabalho se atirava ao chão com o seu cachorro em casa, que aquela mulher tímida no casamento costumava soltar a voz em karaokês na universidade.

Não deixe de se despedir de um amigo. Os velórios são salas de cinema. Será a primeira vez que assistirá a uma vida por inteiro.

Descobri o segredo do abraço: esvaziar-se antes dele. Não pensar em nada. Não se fixar em um sentimento. Não se lembrar de coisa alguma. Não ter expectativas, sequer tentar prever a reação de quem se aproxima. Seguir o momento presente, o improviso, o destino. Ser somente dois braços, nenhuma ideia, nenhuma preconcepção, nenhuma certeza.

Assim, qualquer um pode chorar no meu abraço, ou pode rir, ou pode se emocionar. Porque a pessoa não estará me abraçando, estará se abraçando.

Abraçando as suas dores, o seu luto, as suas mágoas, as suas recordações de aconchego, a sua saudade de casa e de alguém.

Uma vez que não há como se abraçar sozinho, eu me ausento para que o outro se abrace através de mim. Eu desapareço para que o outro finalmente se reconheça por completo.

Pela primeira vez na vida, ofereço a chance de ele se abraçar. Eu assisto ao gesto grandioso como um instrumento do afeto.

Meu corpo é como um barco para remar, uma árvore para subir, uma pedra para sentar-se. O que vem não depende de minha ação: eu apenas acolho.

Só não posso ter pressa, só não posso impor o meu ritmo. O abraço será desajeitado se eu não me entregar. O abraço será nervoso se pensar em mim. O abraço será pela metade se estiver com a cabeça em diferente lugar.

O abraço é sempre alguém chegando, jamais alguém partindo.

Que ofereça o que for preciso nesse colo de pé: a duração muda de caso a caso. Alguns exigem intervalos longos, deitam a cabeça no meu peito para ouvir o seu coração batendo de novo a partir do meu. Há quem se sinta confortado com o rápido apertão.

O abraço facilita a aceitação. Nada é tão grave mais. Nada é tão irreversível mais. As palavras param de doer. Os pensamentos se desembaraçam dos nós górdios das crises. As conversas tensas na memória têm a pausa de um cafezinho.

Nele, você encontra uma janela para respirar fora do próprio julgamento, da própria culpa, da própria mortificação. Entra numa dimensão paralela do tempo, em que é capaz de resolver um impasse e relevar um desentendimento.

A existência é vista de cima. Torna-se menos pesada, menos cansativa.

O abraçado reencontra a si mesmo. Ele é capaz de derramar lágrimas nos meus ombros estranhos, como se fossem o colo aquecido da mãe. Todos os seus mortos estarão vivos em minha pele viva. Ele chamará para perto um ente querido distante. A intimidade vai e volta. A intimidade é eletricidade.

O abraço é a tomada em que você religa a sua sensibilidade. Com uma carga extra de energia, você retoma o poder de se libertar do passado.

Todo mundo fica bonito no amparo dos braços cruzados nas costas. Você se transforma num propósito. Não há propósito feio.

O abraço cura, salva, cicatriza. Pelo menos, até o próximo abraço.

Com a maturidade, não sei você, mas eu me acostumei com o valor da bênção. Nem é devido a uma religião, mas por professar a saudade.

A bênção, para mim, é mais importante do que "eu te amo".

A bênção é um amor que vai e volta.

A bênção é proteção atemporal, vigília, demonstração de que a pessoa está sempre com você.

Ela viaja com você em pensamento. Segue você com a lembrança.

No "eu te amo", você está falando de si. Na bênção, está falando do outro, está preocupado com o outro.

Depois que a minha mãe e o meu pai envelheceram, houve uma mudança na nomenclatura da declaração amorosa dentro da família. O "eu te amo" estava implícito, não era mais dito.

Em nossos encontros, nunca mais me despedi sem receber a oração deles no alto da cabeça.

A bênção é um "adeus" preventivo dentro do "tchau", pois jamais teremos certeza se estaremos frente a frente novamente.

A bênção é não mais entregar a vida à infalibilidade. O tempo é hoje, nada mais.

Não há como se valer de véspera para aprontar as malas, ou para escolher o conteúdo das bagagens e das palavras.

O que acontece naqueles breves e cerimoniosos minutos não corresponde a uma superstição ou simpatia. Não significa que acontecerá algo de ruim com a ausência do seu gesto. É tão somente gratidão de estar por perto, de estar presente.

É um gesto de humildade se agachar, para o corpo diminuir e a alma crescer.

Repare que o sinal da cruz na testa é recebido de pálpebras fechadas. Existe, no contato, um beijo úmido dos dedos. Dar a benção é como beijar com as mãos.

O cumprimento, feito tradicionalmente ao pé da porta, atinge a estrada se descortinando ao fundo.

Se o "eu te amo" é o equivalente a um "te cuida", a bênção dá um passo além, é um inigualável "eu cuido de ti". Vem de alguém que cuidará de você mesmo quando não estiver mais aqui.

O luto é como o amanhecer.

As pessoas dormem, menos você na sua dor. Não testemunham o céu lilás, avermelhado, vindo à tona antes do sol.

Quem perdeu a mãe fica sempre no breu esperando a luz. Afinal, ela nos deu à luz.

Qualquer mãe pergunta para o seu filho: "Onde você está?"

É a pergunta do território. É a pergunta da localização. É a pergunta da presença. É a pergunta do vínculo.

Por que a mãe pergunta onde você está?

Já pensou nisso? É que você veio do ventre dela, do corpo dela. Ela é o seu lugar. Seu primeiro lugar no mundo. Sua primeira amizade com o mundo. É natural que vigie os seus passos, proteja as suas andanças, preocupe-se com o seu destino. Ela nem diz "alô", "tudo bem?", só quer saber logo onde você está.

Quando a mãe parte, você devolve a pergunta: "Mãe, onde você está?"

Você tem de parir uma ausência. É uma gestação de silêncio e de estranha esperança. Porque você precisa acreditar em tudo que fizeram juntos, em tudo que repartiram durante a vida. Precisa acreditar que tudo que você viveu com ela foi suficiente. Precisa acreditar que não precisa de mais nada.

Eu sei que o amor é insaciável, e temos apego. E o apego transforma momentos lindos em tristeza.

Talvez tenhamos que supor que a mãe nos leva para onde ela estiver. E ela não para de se preocupar com o nosso caminho. Talvez esteja usando os pássaros para nos cumprimentar, usando os amigos para nos dar conselhos. Não duvide dos estratagemas maternos depois da morte.

A mãe está espalhada em todas as cores da madrugada.

Por mais cedo que você desperte, ela sempre acordará primeiro, para esperá-lo.

Não há maior perigo para a felicidade do que acreditar que temos todo o tempo pela frente. Porque só adiamos as nossas aspirações. Adiar é não fazer. Adiar é nunca fazer. Adiar é abandonar. Adiar é jurar que, em algum momento, poderemos continuar o que paramos. Como se existisse uma repescagem imaginária para nossas eventuais falhas e lapsos.

Quem nunca se matriculou em um curso on-line, com acesso ao conteúdo por um ano, e protelou as aulas até expirar o prazo?

Quem nunca acumulou jornais, livros e apostilas para ler no fim de semana e jamais teve uma folga redentora?

Quem nunca empurrou uma viagem de férias para depois, e o depois não veio porque o trabalho sempre exigia novos desafios?

Quem nunca prometeu voltar a correr, ou retomar um esporte, e os horários encolheram?

Quem nunca teve um dom, um prazer, uma paixão secreta por uma atividade (música, cozinha, pintura, artesanato, literatura), e o ofício não foi desenvolvido?

Se você ainda se vê infinito, imortal, onipotente, se não aceitou que a mortalidade tem data de validade, saiba que já possui a sua foto de morto. Já existe a sua foto de morto entre os seus arquivos. A foto que vai estar no seu anúncio fúnebre. A foto que circulará nas redes sociais como homenagem póstuma dos amigos e familiares. Já existe essa imagem no seu celular, no seu computador, nas suas postagens. A foto que será reproduzida no convite do seu velório e do seu enterro, que talvez saia no jornal. A foto que não escolheu, que será definida por um ente querido, capaz de traduzir o seu temperamento, a sua personalidade, o seu modo de encarar os acontecimentos.

É possível que esteja rindo nela. É possível que esteja com trajes de banho, à vontade, na praia. É possível que esteja abraçado a alguém que será cortado da fotografia. Não costuma ser escolhida uma pose séria, de um ângulo respeitável.

A informalidade indica a injustiça prematura do adeus. Sua alegria estampada naquele instante contrasta com o tom cerimonioso dos pêsames, do corte abrupto da sua permanência entre nós.

Alguma pessoa próxima se decidirá por uma imagem em que você se encontrar à toa, contente, no meio de uma festa, de uma celebração, desprovido de qualquer pressentimento, desprevenido da doença ou da tragédia, representando, com isso, a imprevisibilidade da despedida, demonstrando que não estava pronto para partir.

Você já tem essa temida fotografia. Pode ser amanhã, depois de amanhã, na velhice, mas vai acontecer. A foto será usada.

Analogamente, todo ano, sem perceber, você passa pela data da sua morte. Pela data que será o seu segundo aniversário, aniversário da saudade para aqueles que ficarão a prantear a sua ausência. Todo ano, você atravessa um dos dias mais importantes da sua trajetória, sem consciência alguma de que será ele o último dia da sua vida.

Todo ano, pisa na folhinha do calendário, naquele marco temporal que completará as inscrições da sua lápide. Todo ano, você é um desavisado do próprio fim.

A memória costuma pregar peças. Você gosta do que odiava, você sente falta do que anteriormente o irritava.

A dificuldade de convivência potencializa a falta. Quanto maior o esforço para admitir uma mania ou uma imperfeição de alguém, maior a saudade. Porque você converteu as divergências em conexão da intimidade. Tem a saudade como um mérito: só você, mais ninguém, é capaz de suportar aquela chatice ou aquele incômodo, ou mesmo compreender certas decisões da pessoa.

Um exemplo disso são casais há décadas juntos, que vivem se vangloriando de aguentar o ronco, as compulsões, as reclamações, os atrasos, a ansiedade, os esquecimentos do seu parceiro. Os defeitos tolerados formam, no fim, um patrimônio da cumplicidade.

"Só eu para aguentar você" é usucapião do "não vivo sem você".

Seguindo essa lógica, a saudade é provação. Você não tem nostalgia das virtudes, mas das dificuldades que foram transpostas do relacionamento.

Eu lembro que me perturbava um hábito dos meus pais. Quando riscavam fósforos para acender o fogão (não era automático na minha infância), eles, em vez de pôr o palito usado no lixo, devolviam-no para a caixinha.

Sempre que eu precisava da chama, pescava um item usado. Experimentava uma loteria da paciência.

Jamais pegava um fósforo com a ponta vermelha intacta. Distraído, eu me enganava e friccionava inutilmente o palito com a ponta queimada. Enervavam-me os minutos perdidos em cada operação, obrigando-me a visualizar o que tinha dentro da caixinha para não errar de novo.

Por herança, eu faço questão de botar todos os palitos gastos de volta na caixinha. Eu me tornei igual aos meus pais.

Porque toda saudade é esforço do amor, é ser um pouco parecido nas diferenças. É a lembrança do que aprendeu, com muito custo, a respeitar.

O que necessitamos ter em mente é esse desconto da convivência, que esquecemos durante o luto.

Somos muito exigentes conosco quando alguém que amamos morre. Somos implacáveis. Encarecemos nossas cobranças. Acreditamos que faltamos com atenção, com carinho, que poderíamos ter estado mais presentes. Que deveríamos ter aproveitado mais.

Mas você não foi tão ruim assim. Você fez o possível. Você foi bom, não perfeito. Você amou de acordo com o seu gênio, seu humor e as suas limitações, na mais natural autenticidade.

Se a pessoa estivesse viva, já o teria desculpado.

Nossos mortos são lembretes de que não temos controle sobre o futuro.

De que não há como saber quando será a última vez.

De que precisamos dar tudo que queremos já nos rascunhos.

De que vitrais são lindos e feitos de janelas quebradas.

De que não vale guardar roupas nem sentimentos para ocasiões especiais.

De que aquilo que não usamos não é nosso.

De que as nossas bagagens são as nossas gargalhadas.

De que a coragem começa em não mais chorar escondidos.

De que a sinceridade depende do esforço de expressar as nossas emoções.

De que as fotos não substituem as presenças.

De que escondemos as recordações mais bonitas no olfato. O perfume acorda a memória.

De que é melhor passar poucos minutos juntos do que nada, é melhor uma visita rapidinha do que planejar um fim de semana perfeito que não acontecerá.

De que a felicidade mora dentro da simplicidade.

De que arrumar a cama ou amarrar os cadarços são cuidados com a nossa saúde emocional.

De que generosidade é partilhar quem você é, não o que você tem.

De que é preferível fazer e errar a se arrepender do que não foi vivido. Errar é ter chance de evoluir. Não fazer é nunca se aperfeiçoar.

De que o silêncio, se houver afeto, jamais incomodará.

De que a alma se comunica pela pele. Oferecer um colo, um cafuné, um abraço aquece qualquer dor.

De que as confissões dependem da nossa capacidade de nos mostrarmos presentes. Ninguém vai pedir ajuda a distância.

De que a saudade é o nosso GPS para não nos afastarmos do que nos conforta.

De que gavetas não combinam com sonhos, muito menos esconderijos comportam nossas verdades.

De que perdoar é mais fácil do que imaginamos. Pior é se isolar no orgulho. A teimosia não tem amigos.

De que nenhum passeio será mais inesquecível do que sentar-se no sofá ou à mesa ao lado de quem amamos.

Os mortos nos lembram que qualquer dia desses estaremos com eles, seremos um deles. Portanto, não desperdice a sua vida com medo de viver.

Temos horror à sensibilidade.

Temos horror à possibilidade de o enlutado se emocionar na nossa frente e desandar a chorar.

Temos horror a não saber o que comentar perante a abstinência do amor.

Temos horror à nossa falta de jeito e de propriedade sobre o assunto.

Evitamos contatos mais densos, profundos, catárticos. Representaria pararmos tudo que estamos pensando ou sentindo para consolar.

Gostaríamos que o enlutado derramasse suas lágrimas higienicamente no banheiro, debaixo do disfarce das águas, sem ninguém ver, sem fazer barulho, sem incomodar a casa com a sua incontinência da alma.

Preferimos as conversas amenas, circunstanciais, inofensivas. Por isso, somos turistas da dor, hóspedes apressados das mágoas, visitantes rápidos do sofrimento alheio. Passamos e não ficamos, não queremos nos demorar.

Não mencionamos o nome do falecido para não ter de lidar com o desmoronamento, para não ter de catar, em seguida, pedra por pedra da perda.

Por isso, parecemos lunáticos, com uma conversa desorientada e escapista, desvinculada do realismo de uma tragédia. Por isso, realizamos os cumprimentos mais inoportunos, fingindo que nada de grave aconteceu. Por isso, inquirimos do enlutado se "está tudo bem" ou "como ele vai", desprezando a sinceridade interior.

Enquanto a morte prosseguir sendo um tabu, continuaremos agindo preconceituosamente com quem atravessa um luto. Continuaremos segregando a sua voz, não garantindo a plena liberdade do pranto.

Deveríamos nos preocupar em frear aqueles que são indiferentes e insensíveis, jamais dissuadir a saudade mais honesta e humana.

Dessa forma passiva, incentivamos o enlutado a não se abrir, a simular as suas emoções, a sofrer silenciosamente para adoecer de vez.

Só precisaríamos escutar o seu desabafo, ouvir com atenção e credulidade, não desprezando o relato, não subestimando a versão, não prevendo o que será dito.

Nem é essencial falar qualquer coisa inteligente, a inteligência não faz diferença alguma no deserto de explicações sobre a morte.

O que podemos ceder é a audição cúmplice, a amizade de testemunha, até porque a dor do outro é impenetrável.

Para socorrer, não dependemos de quase nada: é pouco esforço, é estar por perto.

Não haverá uma solução para o pesar, não haverá um conselho arrebatador.

Que os ouvidos sejam o nosso único idioma.

Eu sempre corto o meu cabelo e ponho uma nova palavra na cabeça. Você já deve ter visto. É resultado da perícia de Keliston Breno, que desenhava letras com a navalha.

Ele começou a me atender no Seu Elias, famosa barbearia de Belo Horizonte. Depois, abriu o próprio salão em Betim, com a esposa cabeleireira, Sabrina.

Ele foi à minha casa toda semana durante cinco anos. Eu deixava a porta da cozinha encostada. Ele entrava pedindo licença, colocava o seu capacete em cima da máquina de lavar, abria a sua maleta preta de instrumentos e completava sua tarefa com capricho. No meio das roupas estendidas no varal da lavanderia, ríamos da nossa amizade de tesoura e ternura, gargalhávamos fugindo dos pingos das peças lavadas.

Pastor evangélico, sorridente, pai dedicado de quatro filhos, marido devoto, ele pegava a estrada de Betim a BH, por 37 quilômetros, para permanecer trinta minutos ao meu lado.

Ao meio-dia de 5 de julho, ele morreu num acidente de moto. Fiquei chocado. Fiquei paralisado. Fiquei chorando desde que me avisaram da tragédia.

Meu primeiro ímpeto foi ter uma raiva descomunal do destino pela injustiça da perda, uma vontade de gritar surdamente de impotência, de desamparo, de descrença. Eu me vi socando portas e paredes pela frente, numa violência desordenada da saudade. A saudade veste o susto e o ódio no velório.

Por que Deus leva primeiro os melhores? Como uma pessoa boa assim desaparece de repente?

Ele tinha apenas 35 anos. Nunca o vi reclamando de nada, ele vivia agradecendo pela sua vida. Era grato por trabalhar com aquilo de que gostava, grato por ter um teto para proteger a sua família.

Era tanta gratidão num único ser que nunca julguei que ele pudesse morrer.

Em seguida, culpo infantilmente Keliston por não ter se cuidado. Como se a finitude fosse o seu erro, pois não se preservou do perigo, não adotou a imensa cautela na estrada, expôs-se ao risco da pressa andando de moto.

Logo peço desculpas a ele em pensamento. Vejo quanto tudo é miragem do meu sofrimento. É a ideia distorcida que carregamos de que a morte é algo que não vai nos acontecer. A morte está viva dentro de nós desde o nosso nascimento. Um dia, ela emerge e encerra a nossa missão, o nosso ciclo, por aqui.

Nossa última conversa foi no sábado, 1º de julho, e lhe contei que estava escrevendo este livro sobre o luto.

Avisei a ele que, na contracapa, colocaria a frase: "Se a vida é um sopro, assobie."

Ele parou de cortar o cabelo por um momento e assobiou um louvor da sua igreja. Preso com o avental até o colo, eu me esforcei para me virar e olhar nos seus olhos.

Ele estava sério, compenetrado, fora dali.

Eu senti que era uma despedida, não sei como. Um arrepio de janelas abertas na alma.

Tentei me mostrar íntimo daquela estranheza, daquela dor, para não assustá-lo ou mesmo me assustar.

Bati palmas e comentei: "Temos que aprender a morrer."

Ele completou: "Mas antes temos que aprender a viver."

Keliston soube.

Eu tenho a impressão de que ele ainda está de pé atrás de mim.

Não é impressão, eu tenho certeza.

Amigo que eu amo, meu anjo de cavanhaque: está de pé nas minhas costas. Para sempre.

Sobre o autor

Carpinejar nasceu em 1972, na cidade de Caxias do Sul (RS). Publicou cinquenta e um livros entre poesia, crônicas, infanto-juvenis e reportagem. É detentor de mais de vinte prêmios literários. Dentre eles, o Jabuti, por duas vezes, o da Associação Paulista dos Críticos de Arte e o Olavo Bilac, da Academia Brasileira de Letras. É colunista diário do jornal *Zero Hora*, semanal do jornal *O Tempo* e comentarista da Rádio Gaúcha.

Instagram: @carpinejar
Facebook: /carpinejar
Twitter: @carpinejar
Threads: @carpinejar
YouTube: Vem Carpinejar
E-mail: carpinejar@terra.com.br
Tiktok: @fabriciocarpinejar

Agradecimentos

Meu agradecimento ao Grupo Cortel. Iniciamos um trabalho lindo de rede de apoio ao luto, com o Clube de Cartas Corações Solidários. Não temos como impedir a dor, mas podemos impedir que o enlutado sofra sozinho.

Inscreva-se gratuitamente aqui:
www.cortel.com.br

Este livro foi composto na tipografia Palatino LT Std,
em corpo 11/17, e impresso em
papel pólen bold no Sistema Cameron da
Divisão Gráfica da Distribuidora Record.